PLÁTANOS
Go with Everything

✳

LOS PLÁTANOS
van con todo

Written by Lissette Norman

Illustrated by Sara Palacios

Translated by Kianny N. Antigua

Escrito por Lissette Norman

Ilustrado por Sara Palacios

Traducido por Kianny N. Antigua

HARPER
An Imprint of HarperCollins Publishers

Plátanos are like golden slices of this afternoon's sun on our dinner plates.

I help Mami cook in the kitchen.

She shares stories about life in the Dominican Republic before my older brother, Kendry, and I were born.

Mami's stories are the secret ingredient in all her yummy food.

❧

Los plátanos son como rebanadas doradas de un atardecer en nuestros platos.

Ayudo a Mami en la cocina.

Ella comparte historias de su vida en la República Dominicana desde antes que Kendry, mi hermano mayor, y yo naciéramos.

Las historias de Mami son el ingrediente secreto de todas sus ricas comidas.

When the chicken, beans, and rice are nearly cooked, Mami peels the plátanos with a knife.
First she cuts off both ends. Then Mami slides the blade down the plátano.

Cuando el pollo, las habichuelas y el arroz están casi listos, Mami pela los plátanos con un cuchillo.
Primero les corta las puntas. Luego desliza el filo del cuchillo a lo largo del plátano.

As her fingers separate the thick green skin from the pale-yellow flesh inside, I ask, "Why do Dominicans love plátanos so much?"

Mami smiles and answers, "Because they remind us of home, Yesenia."

Mientras sus dedos separan la cáscara verde de la pulpa amarilla, le pregunto:

—¿Por qué a los dominicanos les gustan tanto los plátanos?

Mami sonríe y responde:

—Porque nos recuerdan de dónde venimos, Yesenia.

"Back home, plátanos grow upward on trees," Mami says, and I wonder how that's even possible.

❋

—Allá, los plátanos crecen hacia arriba en los árboles —dice Mami.
Y yo me pregunto cómo es posible.

"Plátanos are long and heavy, so they droop and curve as they grow, but their feet are always reaching for the stars."

That is so cool, I think.

❋

—Los plátanos son largos y pesados —dice Mami—, por eso cuelgan y se encorvan al crecer, pero siempre buscan alcanzar las estrellas.

«Qué chulo», pienso.

Plátanos are like warm hello kisses from Abuela, who arrives early for dinner with Abuelo. They both lived with us in our apartment when they first came to the United States.

Los plátanos son como los cálidos besos que Abuela nos da cuando llega temprano con Abuelo a cenar. Ambos vivieron con nosotros en nuestro apartamento cuando llegaron a los Estados Unidos.

Six of us in an apartment meant for four took some getting used to after living in a big house in the Dominican Republic.

Even though it's great to have my room back, I miss them. And I'm glad their new place is still close to ours.

Luego de vivir en una casa grande en la República Dominicana, les tomó tiempo acostumbrarse a convivir seis en un apartamento para cuatro.

Aunque fue fantástico volver a tener mi cuarto para mí solita, los extraño. Y me alegro que su nuevo apartamento quede cerca del nuestro.

Plátanos are like a love letter from the Dominican Republic.

❧

Los plátanos son como una carta de amor de la República Dominicana.

My parents moved to New York City to make a better life for me and my brother. But a long string of plátanos keeps them tied to their homeland as if they're two flapping kites.

Mis padres se mudaron a la ciudad de Nueva York para darnos una mejor vida a mi hermano y a mí. Pero una larga cadena de plátanos los mantiene unidos a su tierra natal como si fueran dos chichiguas al viento.

Sweet slices of maduros frying in the pan remind me of Mami's dream of owning a house with a garden. Crispy, salt-sprinkled tostones are like symbols of Papi's hope for a quiet office to write his poetry.

Las dulces rodajas de maduros friéndose en la sartén me recuerdan al sueño de Mami de tener una casa con jardín. Los crujientes tostones salpicados con sal son como símbolos de la esperanza de Papi de tener una oficina tranquila para escribir su poesía.

The smell of their wishes is everywhere
in our apartment.
It slides out of our window and floats
on and on.

❋

El aroma de sus sueños se siente en
cada rincón de nuestro apartamento.
Se desliza por nuestra ventana y flota
sin cesar.

BAGELS
SMITH
168 st.
NEWS
STORE
99¢
Eddie's
SINCE 1946
ICE COLD BEVERAGES
HOT DOGS
LEMONADE
168 Street Station
A C 1
SUBWAY

Plátanos are like baskets of green treasure we find inside our corner bodega.

My three tías, two tíos, and five bouncy cousins stop by for a visit.

So Mami asks Papi to go buy more plátanos for dinner, and I tag along.

Los plátanos son como canastas de tesoros verdes que encontramos en la bodega de la esquina.

Mis tres tías, dos tíos y cinco primos traviesos vienen de visita.

Mami le pide a Papi que vaya a comprar más plátanos para la cena, y yo lo acompaño.

Papi says when people visit our home and we serve them a plate of sunny-side up eggs, fried Dominican salami and cheese with mashed plátanos, what we're really saying is "Welcome! So glad you're here!"

When Dominicans offer you tender, love-filled mangú, it means "You're family now!"

Papi dice que cuando les servimos huevos fritos con salami y queso dominicano frito con plátanos majados a la visita, lo que en verdad les estamos diciendo es: «¡Bienvenidos! ¡Qué alegría tenerlos en casa!».

Cuando los dominicanos te ofrecen un mangú tierno y lleno de amor, significa que ¡ya eres parte de la familia!

Plátanos are like the love poems Papi recites to Mami from outside our building. Mami listens from our second-floor window, all rosy-cheeked and smiling.

❧

Los plátanos son como los poemas de amor que Papi le recita a Mami desde la acera. Mami lo escucha desde nuestra ventana en el segundo piso, sonrojada y sonriente.

Plátanos are like a magical cure.

I studied hard all week for my classroom spelling bee this morning.

But I missed the first *H* in *RHYTHM* and lost.

Los plátanos son como un remedio mágico.

Yo estudié mucho toda la semana para el concurso de deletreo de mi clase esta mañana.

Pero se me olvidó la primera «H» de «RHYTHM» y perdí.

When I got home from school, Mami cheered me up, promising to make my favorite dessert after dinner: caramelized plátanos with a scoop of ice cream and sprinkled cinnamon.

She reminded me that plátanos can heal a broken heart.

Cuando llegué a casa de la escuela, Mami me levantó el ánimo, prometiéndome que, después de la cena, me haría mi postre favorito: plátanos maduros al caldero con una bola de helado y canela espolvoreada.

Me recordó que los plátanos pueden sanar un corazón roto.

Plátanos are like superpowers.

Kendry *swears* plátano magic is behind every pitch and home run by the Dominican baseball players Pedro Martínez, Robinson Canó, and Juan Soto.

Los plátanos son como superpoderes.

Kendry *jura* que la magia de los plátanos está detrás de cada lanzamiento y cada jonrón de los peloteros dominicanos Pedro Martínez, Robinson Canó y Juan Soto.

Plátanos are like a fiesta. This Friday, as always, there is so much laughter, music, and dancing. My tíos clear the coffee table out of the living room. Mami blasts her favorite merengue song.

Los plátanos son como una fiesta. Este viernes, como siempre, hay muchas risas, música y baile. Mis tíos quitan del medio la mesita de la sala. Mami pone su merengue favorito a todo volumen.

We sing at the tops of our voices "Kulikitaka ti. Kulikitaka ta." Music fills the spaces our laughter can't reach. Everybody shakes their hips from side to side. My worries are all put away as Papi spins me round and round.

Cantamos a pleno pulmón: «¡Kulikitaka ti! ¡Kulikitaka ta!». La música llena los espacios que nuestras risas no logran alcanzar. Todos mueven las caderas de lado a lado. Mis preocupaciones desaparecen mientras Papi me da vueltas y vueltas.

The smell of Mami's delicious food drifts into the living room. Mami gives me sweet bites of plátanos and I sway to the music as the flavors dance on my tongue.

❊

El aroma de la deliciosa comida de Mami llega a la sala. Mami me da pedacitos de plátano dulce y yo me mezo al compás de la música mientras los sabores están de fiesta en mi boca.

Dominicans love plátanos because there
are so many ways to enjoy them.
With eggs and cheese or rice and beans.
Fried or mashed and stuffed with shrimp.
Plátanos go with house parties and sadness
and our family's dreams waiting to come true.
Best of all, they go with love.
Plátanos go with everything!

Los dominicanos amamos los plátanos porque hay
muchas formas de disfrutarlos:
Con huevos y queso o arroz y habichuelas.
Fritos o majados y rellenos de camarones.
Los plátanos van con las fiestas en casa, la tristeza y los
sueños de nuestra familia que esperan hacerse realidad.
Lo mejor de todo es que van con el amor.
¡Los plátanos van con todo!

To the loving memory of my mother,
Juliana Disla Castillo.
And to my family, my people, and our
beloved Dominican Republic.
—L.N.

To immigrant families big and small.
—S.P.

To Mía, the little plantain of my mangú.
—K.N.A.

A la adorada memoria de mi madre,
Juliana Disla Castillo.
Y a mi familia, a mi gente y a nuestra amada
República Dominicana.
—L.N.

A las familias de inmigrantes grandes y pequeñas.
—S.P.

A Mía, la platanita de mi mangú.
—K.N.A.

Plátanos Go with Everything/Los plátanos van con todo
Text copyright © 2023 by Lissette Norman
Illustrations copyright © 2023 by Sara Palacios
Translation by Kianny N. Antigua, 2023
All rights reserved. Manufactured in Italy.
No part of this book may be used or reproduced in any manner whatsoever
without written permission except in the case of brief quotations embodied in
critical articles and reviews. For information address HarperCollins Children's Books,
a division of HarperCollins Publishers, 195 Broadway, New York, NY 10007.
www.harpercollinschildrens.com

The United States Library of Congress has cataloged the English edition.

ISBN 978-0-06-324778-9

The artist used Photoshop to create the digital illustrations for this book.
Typography by Rachel Zegar
22 23 24 25 26   RTLO   10 9 8 7 6 5 4 3 2 1
❖
First Bilingual Edition, 2023